ESTE LIBRO
PERTENECE A

¿YA CONOCES A TODOS LOS MONSTRUOS?

APRENDE A LEER
- en la -
ESCUELA de MONSTRUOS

Ilustraciones de **CHRIS KENNETT**

SALLY RIPPIN
Adaptación de **MAR BENEGAS**

EL ARTISTA DE LA PISTA

montena

CUIDADO. NO ENTRES.
PELIGRO.
MEJOR NO ABRAS
ESTE LIBRO.

LA ESCUELA de MONSTRUOS
HA ABIERTO
SUS PUERTAS.

SI SALES
CORRIENDO,
¡SEGURO QUE
ACIERTAS!

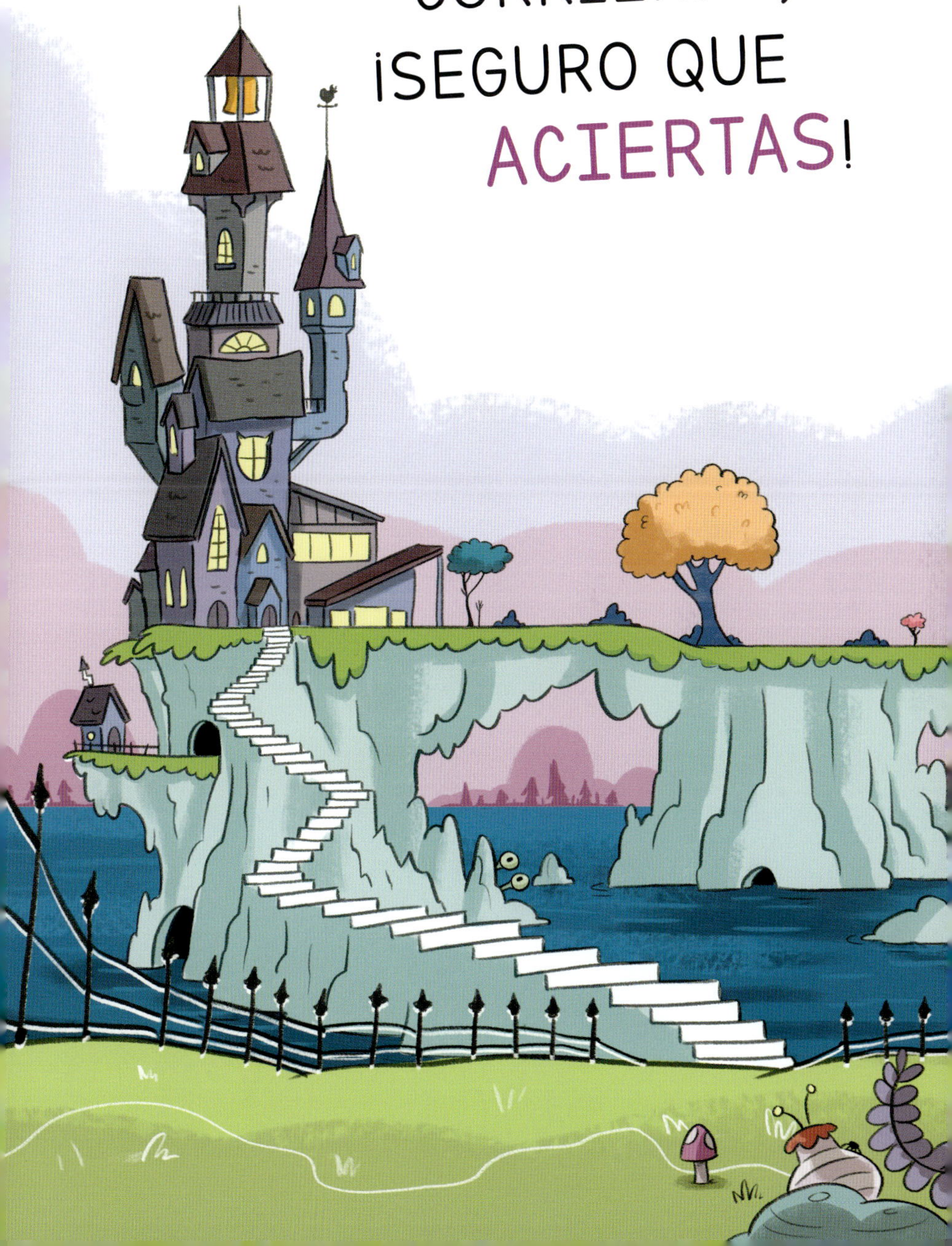

LOS MONSTRUOS BAILANDO, GIRA QUE TE GIRA,

Y BRUNO LOBEZNO
ESCONDIDO
LOS MIRA.

TAP
TAP
TAP

—¿Y TÚ NO BAILAS?
—LE PREGUNTA PAMELA.

—LOS LOBOS NO BAILAN,
LO DICE MI ABUELA.

—NO PUEDO BAILAR, PORQUE YO SOY MUY FIERO.

PAMELA SONRÍE:
—¡PRUÉBALO **PRIMERO**!

A PAMELA SE LE OCURRE UNA GRAN IDEA:

LLAMA A ESCONDIDAS
SIN QUE NADIE LA VEA.

AL DÍA SIGUIENTE,
PINTANDO CONTENTOS,

LA PROFE LES DICE:
—ESCUCHAD BIEN
ATENTOS.

—VENÍOS CONMIGO. TODOS AL SALÓN:

¡TENGO UNA SORPRESA QUE MOLA UN MONTÓN!

APLAUDEN Y MIRAN CON CARA DE BOBOS,

Jana
Ana

SUBE AL ESCENARIO...
¡ES LOBO JACOBO!

Jana
Ana

SUBE AL ESCENARIO...
¡ES LOBO JACOBO!

SALTA, RUEDA Y GIRA
SOBRE SU CABEZA,

TODOS ALUCINAN,
¡ESTÁN DE UNA PIEZA!

¡EL LOBO JACOBO,
QUÉ GRAN BAILARÍN!

Y LANZA SU GORRA
CUANDO LLEGA EL FIN.

—¿SABÍAIS QUE LOS LOBOS PODÍAN BAILAR **ASÍ**?

Y BRUNO MIRA A PAM:
—¿LO PODRÉ CONSEGUIR?

PAMELA SE RÍE: —¿Y POR QUÉ NO **PRUEBAS**?

YA SUENAN CANCIONES,
RAPERAS Y NUEVAS.

MOLA MIL LOBEZNO, ¡PARECE QUE VUELA!

—¿HACEMOS UN BAILE PARA NUESTRA ESCUELA?

ENSAYAN EN EL PATIO,
ES MUY DIVERTIDO.

BRUNO TAMBIÉN BAILA, POR FIN LO HA CONSEGUIDO.

—¡QUÉ GRAN BAILARÍN, BAILAS COMO UN LOBO!

—¡¿QUIERES SER FAMOSO IGUAL QUE JACOBO?!

—NO QUIERO SER FAMOSO COMO JACOBO,

QUIERO SER COMO TÚ:
¡UN MAESTRO-LOBO!

PAMELA
GIRA
APRENDE PALABRAS NUEVAS
PRIMERO
PALABRAS NUEVAS:
FÁCIL
DIFÍCIL
MEDIO
CONSEGUIR
MIRA
ABUELA
ESTAS PALABRAS SALEN DESTACADAS EN LILA Y BLANCO EN EL LIBRO. ¿YA LAS HAS APRENDIDO?

FIERO

ATENTOS

JACOBO

IDEA

VEA

SALÓN

BAILARÍN

ASÍ

MONTÓN

LOBO

CABEZA

BOBOS

CONTENTOS

PRUEBAS

PIEZA

DIVERTIDO

FIN

CONSEGUIDO

VUELA

ESCUELA

NUEVAS

CÓMO USAR ESTE LIBRO

¡Aprende a leer en la Escuela de Monstruos!

Uno de los mayores placeres de los pequeños lectores es escuchar leer en voz alta a los mayores. Leer y contar cuentos es la mejor forma para que asocien los libros con una experiencia divertida, y es un momento perfecto para que se familiaricen con el lenguaje y aprendan a leer.

TRUCOS Y RECURSOS PARA GUIAR Y MEJORAR LA LECTURA

- Es recomendable comentar juntos y hacerles preguntas sobre qué ven en las imágenes para ayudarles a complementar la historia.
- Según avanzamos en la lectura, podemos ir siguiendo el texto con el dedo de izquierda a derecha, esto les ayuda a incorporar ese movimiento visual para aprender a leer.
- Para ayudarles a aprender las palabras que no conocen podemos indicarles el sonido de algunas letras. Es recomendable

referirse a las letras tal como suenan y no tal como se dicen. Es decir la "eme" será "m", no "eme".

- Podemos ir señalando las palabras destacadas en lila y blanco para que se familiaricen con ellas y las integren en su vocabulario. Según vaya incrementándose su confianza, es conveniente hacer una pausa en las palabras destacadas para que las pronuncien sin ayuda.

- Luego podremos volver a practicar estas palabras usando la lista que se encuentra al final del libro.

Poco a poco los pequeños lectores se sentirán preparados para enfrentarse a la lectura de todo el libro sin ayuda. Incluso se atreverán a inventarse sus propias historias de monstruos. ¡Imaginación al poder!

Sally Rippin es una de las autoras infantiles más exitosas y apreciadas del mundo. Ha escrito más de cincuenta libros para niños y jóvenes, y ha obtenido numerosos premios por su escritura. Sus libros más conocidos son *Billie B Brown*, *Hey Jack!* y las series Polly y Buster. A Sally le gusta mucho escribir historias emotivas, así como personajes con los que se identifiquen tanto niños como padres y maestros.

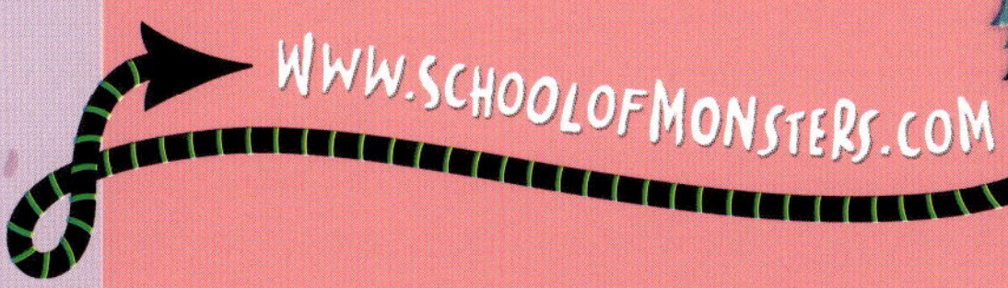

CÓMO DIBUJAR A BRUNO

1. Usando un lapicero, comienza con dos círculos para los ojos. Añade dos puntitos para las pupilas, un círculo más pequeño que haga de nariz y un mechón de pelo por encima de los ojos.

2. Ahora dibuja una sonrisa y un gran círculo para hacer el área de la boca. Conecta la sonrisa con la nariz mediante una línea y añade dos orejas puntiagudas, una sobre cada ojo.

3. Dibuja la parte superior de la cabeza y dos mofletes peludos. Entonces añade dos rectángulos para dibujar el chaleco.

4. Añade unos brazos ligeramente peludos y unas líneas en zigzag para sus pantalones raídos.

5 Dibuja manos, piernas peludas, un cinturón y una línea bajando por su frente.

6 ¡Es el momento de los detalles finales! Dibuja las cejas, los detalles del interior de las orejas, la barriga y los dientes puntiagudos. ¡No te olvides de su cola también peluda y puntiaguda!

Chris Kennett lleva dibujando desde que es capaz de sostener un lápiz (o eso dice su madre). Profesionalmente, Chris ha estado dibujando personajes extravagantes durante los últimos veinte años. Es muy conocido por dibujar las criaturas extrañas y maravillosas de la saga de Star Wars, pero también le encanta dibujar monstruos tiernos y adorables, ¡y espera que tú también lo hagas!

¿HAS LEÍDO TODOS LOS LIBROS DE LA COLECCIÓN?

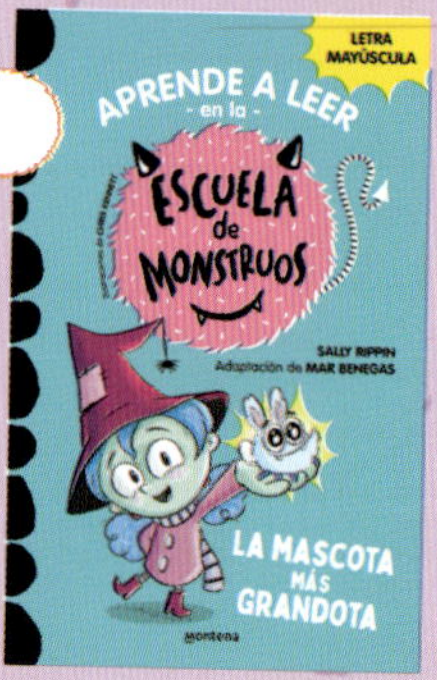

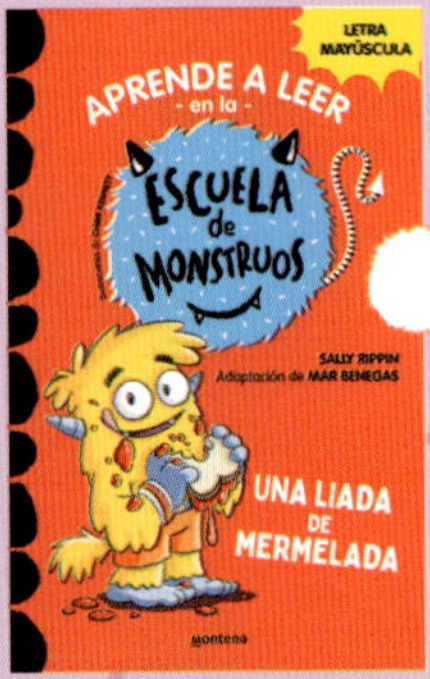

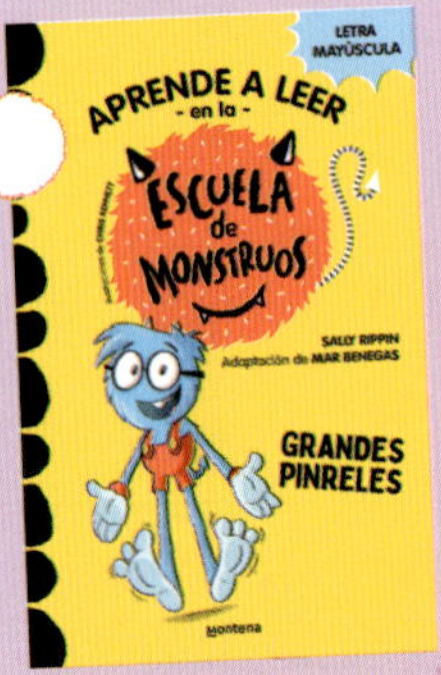

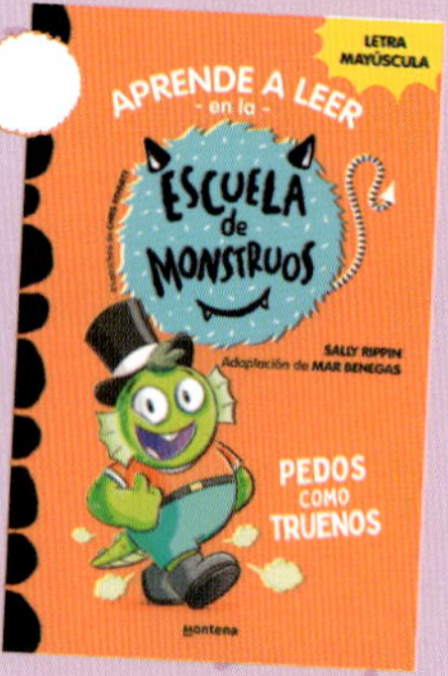

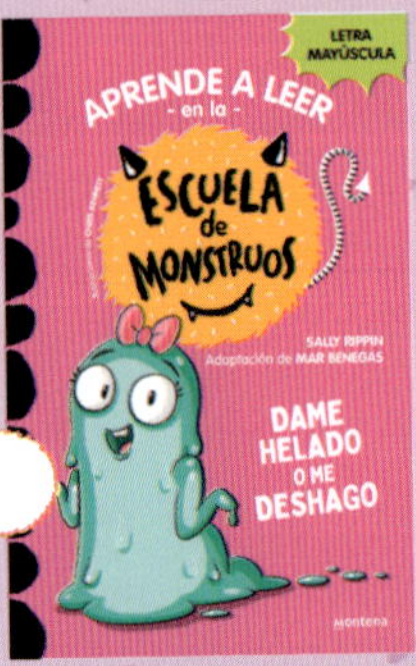

LETRA MAYÚSCULA
APRENDE A LEER
- en la -
ESCUELA de MONSTRUOS
SALLY RIPPIN
Adaptación de MAR BENEGAS
PRIMER DÍA, ¡QUÉ ALEGRÍA!
montena

LETRA MAYÚSCULA
APRENDE A LEER
- en la -
ESCUELA de MONSTRUOS
SALLY RIPPIN
Adaptación de MAR BENEGAS
UNA IDEA SOBRE RUEDAS
montena

LETRA MAYÚSCULA
APRENDE A LEER
- en la -
ESCUELA de MONSTRUOS
SALLY RIPPIN
Adaptación de MAR BENEGAS
EL ARTISTA DE LA PISTA
montena

LETRA MAYÚSCULA
APRENDE A LEER
- en la -
ESCUELA de MONSTRUOS
SALLY RIPPIN
Adaptación de MAR BENEGAS
APESTOSO PERO DELICIOSO
montena

LETRA MAYÚSCULA
APRENDE A LEER
- en la -
ESCUELA de MONSTRUOS
SALLY RIPPIN
Adaptación de MAR BENEGAS
CUIDADO CUANDO ME ENFADO
montena

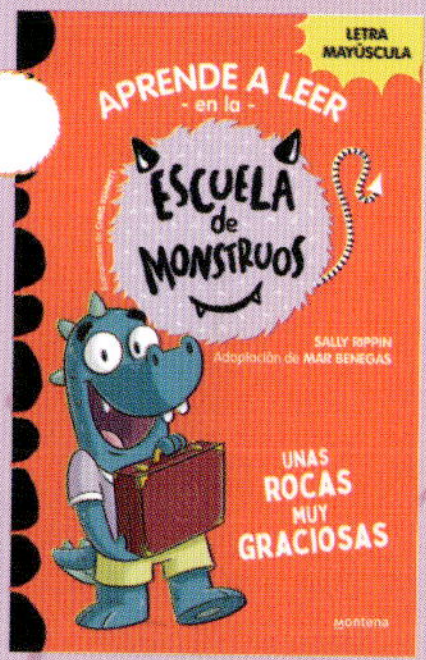
LETRA MAYÚSCULA
APRENDE A LEER
- en la -
ESCUELA de MONSTRUOS
SALLY RIPPIN
Adaptación de MAR BENEGAS
UNAS ROCAS MUY GRACIOSAS
montena

LETRA MAYÚSCULA
APRENDE A LEER
- en la -
ESCUELA de MONSTRUOS
SALLY RIPPIN
Adaptación de MAR BENEGAS
DIFERENTES PERO IGUALES
montena

LETRA MAYÚSCULA
APRENDE A LEER
- en la -
ESCUELA de MONSTRUOS
SALLY RIPPIN
Adaptación de MAR BENEGAS
SIN TEMOR NI FLOTADOR
montena

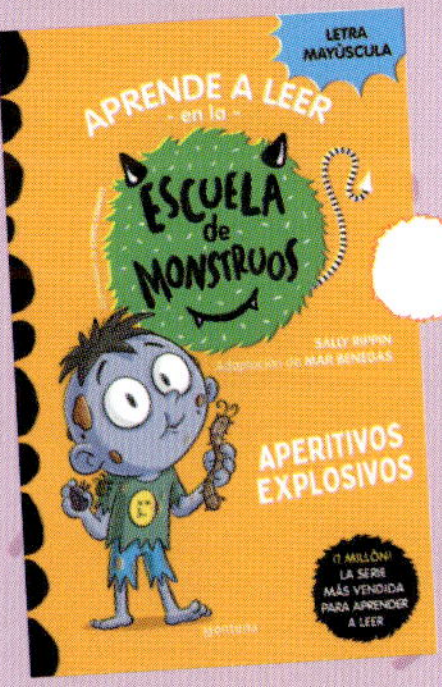
LETRA MAYÚSCULA
APRENDE A LEER
- en la -
ESCUELA de MONSTRUOS
SALLY RIPPIN
Adaptación de MAR BENEGAS
APERITIVOS EXPLOSIVOS
¡1 MILLÓN! LA SERIE MÁS VENDIDA PARA APRENDER A LEER
montena

LETRA MAYÚSCULA
APRENDE A LEER
- en la -
ESCUELA de MONSTRUOS
SALLY RIPPIN
Adaptación de MAR BENEGAS
UNA FIESTA QUE NO RESTA
¡1 MILLÓN! LA SERIE MÁS VENDIDA PARA APRENDER A LEER
montena

LETRA MAYÚSCULA
APRENDE A LEER
- en la -
ESCUELA de MONSTRUOS
SALLY RIPPIN
Adaptación de MAR BENEGAS
ESQUELÉTICO PERO FRENÉTICO
¡1 MILLÓN! LA SERIE MÁS VENDIDA PARA APRENDER A LEER
montena

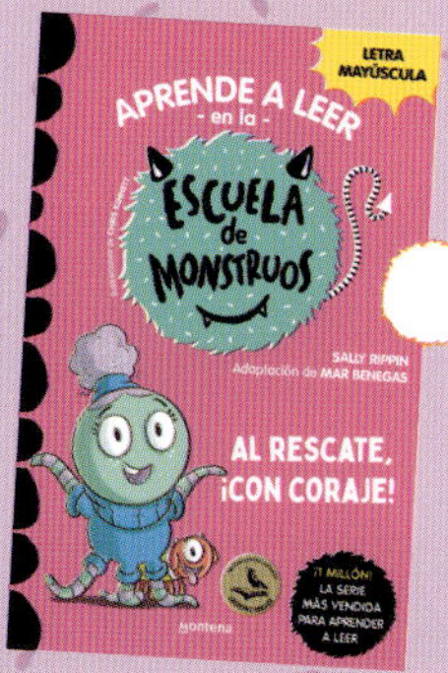
LETRA MAYÚSCULA
APRENDE A LEER
- en la -
ESCUELA de MONSTRUOS
SALLY RIPPIN
Adaptación de MAR BENEGAS
AL RESCATE, ¡CON CORAJE!
¡1 MILLÓN! LA SERIE MÁS VENDIDA PARA APRENDER A LEER
montena

Papel certificado por el Forest Stewardship Council®

MIXTO
Papel | Apoyando la silvicultura responsable
FSC® C117695

Penguin Random House Grupo Editorial

Título original: *Bruno Won't Dance*

Primera edición: enero de 2024
Quinta reimpresión: febrero de 2026

Printed in Spain – Impreso en España

ISBN: 978-84-19650-64-1
Depósito legal: B-17.814-2023

Impreso en Talleres Gráficos Soler
Esplugues de Llobregat (Barcelona)

GT 5 0 6 4 1